Ye   46054

SEPT CHAPITRES

EN VERS

POUR FAIRE SUITE

A DOUZE PETITS CHAPITRES EN PROSE

AU SUJET D'UN CERTAIN OUVRAGE, FAUSSEMENT
ATTRIBUÉ AU DUC DE NORMANDIE
ET INTITULÉ :

Révélations sur les erreurs de la Bible.

PAR

LE DOCTEUR LE CABEL.

Pendant la nuit obscure de cette vie,
il n'est pas permis de raisonner sur les
secrets de la nature divine ni sur les
desseins impénétrables de la Providen-
ce ; encore un moment, et tout sera
dévoilé.   (FÉNÉLON).

(V. *Hist. de sa vie*, La Haye, 1785,
p. 144.)

Prix : 25 centimes.

PARIS,
58, RUE ROCHECHOUART, CHEZ LE CONCIERGE,
ET CHEZ TOUS LES LIBRAIRES.

FÉVRIER 1842.

PREMIER CHAPITRE.

●

AU DUC QUE L'ON ABUSE ET QUI S'ABUSE LUI-MÊME.

La Genèse innocente était en plein repos :
Et tu viens la troubler ! dis-nous à quel propos ?
De pâles visions la légende niaise
Ne peut montrer, en toi, le vrai fils de Louis Seize.

Soustrait, par un miracle, au fer des assassins
Il doit, de l'Éternel, accomplir les desseins ;
Et donner aux Français fidèles à l'Eglise
La sainte liberté par Louis Seize promise.

Et toi, tu vends la foudre aux marchands d'Albion! (a)
Tu veux livrer la France à leur oppression !
Et si Dieu ne brisait l'effort de ton génie
Sous eux l'humanité gémirait asservie !
Et, *tu te dis l'agent de la Divinité !*
Quel blasphème odieux, et quelle vanité !
Insensé !... Vois ta main, vois cette cicatrice, (b)
Déjà le Roi des rois a marqué sa justice ;
Elle marche toujours et jamais ne s'endort ;
Elle te crie, arrête !.. il en est temps encor.

(a) Le prince est inventeur d'une machine de guerre que l'on voudrait lui faire vendre au gouvernement anglais sous prétexte que ses amis de France l'abandonnent.

(b) D'une explosion qui devait le faire périr, les nerfs de sa main ont éprouvé une rétraction.

DEUXIÈME CHAPITRE.

L'ANGE HISTORIEN ET PUBLICISTE.

Un Ange t'apparaît ! ce n'est pas chose étrange,
J'aurais aimé pourtant que ce fût un Archange.
Pour un prince royal un ange est trop commun ;
Car le réformateur Luther en avait un.
Comme le tien c'était un Ange, à noire bile,
Injuriant son monde en assez mauvais style ;
Mais le drôle du moins avait de la chaleur,
Remuait les esprits et visait droit au cœur.
Chez le tien, au contraire, on voit tomber la phrase
Après de longs circuits sous le poids qui l'écrase.
Toi-même je te prends pour juge et pour censeur
Du livre impertinent dont il t'a fait l'auteur.

TROISIÈME CHAPITRE.

LA CRÉATION D'APRÈS L'ANGE DE CAMBERWELL. (a)

« La matière existait : et, de cette matière

« En torrens s'élança la plus pure lumière.

« La lumière créée, apparut à l'instant

« Le désert de l'espace et tout le firmament.

« La lumière sortant de la source éternelle

« Se forma galamment en gentille tourelle

« Et de ce procédé l'Esprit-Saint fort content

« Au sein de la lumière a pris son logement.

« Or, cet Esprit très-Saint est JÉHOVA lui-même.

(a) Camberwell près de Londres est la résidence du duc de
Normandie.

« De la création connaissez le système :
« Un changement de forme explique nettement
« Ce qui fut fait alors. La matière existant,
« Jéhova ne fit rien puisque c'est la lumière
« Qui, de tout, se trouva l'heureuse avant-courrière;
« Existant d'elle-même, elle créa les cieux
« Elle créa l'espace et ce fut de son mieux.
« Dans l'espace formé naquirent les substances
« Filles de la lumière ; et par mille séances
« Jéhova sépara la mère des enfans. »

Ne vous en plaignez pas esprits compatissans,
Pour voir ce que l'on voit, à quoi bon la lumière ?
Il n'en est pas besoin pour une fourmillière.
Mais que fit Jéhova ? « Le ceintre seulement
« Que Moïse et les siens ont nommé firmament
« Il y fixa dès lors sa demeure éternelle. »

Pour être plus exact lisez *perpétuelle*.
L'ange de Camberwell ne parlant pas Français
Auprès de notre Dieu ne pénétra jamais.

QUATRIÈME CHAPITRE.

LE DIEU DES FRANÇAIS!

L'Eternel est son nom : le monde est son ouvrage : (a)
Ce vers révèle Dieu dans un noble langage.
Le monde était à faire, il est fait ; tout est dit (b)
C'est l'arrêt qu'à rendu la justesse d'esprit
Qui défend aux mortels des tentatives vaines
Pour trouver du passé les sources incertaines ;

(a) Racine.

(b) La *Création*, poëme héroïque, en un seul vers, par Le Cabel, alors étudiant.

Si Dieu n'existait pas, il faudrait l'inventer. (a)

Il existe! qui donc oserait en douter ?

Le mal pour nous instruire est placé sur la terre,

Si c'est un châtiment c'est celui d'un bon père.

A tout individu deux chemins sont ouverts,

L'un conduit vers le ciel, l'autre mène aux enfers.

Le ciel est le trésor d'une âme pure et tendre

Qui fait le bien par goût et ne peut s'en défendre ;

L'enfer est le remords à l'aiguillon tranchant,

Même au sein des plaisirs il perce le méchant.

Ainsi de faire un choix l'homme a reçu le titre :

Le bonheur, le malheur sont à son libre arbitre.

Tel est le dogme saint de la religion,

Telle est, pour l'univers, la révélation.

(a) Voltaire.

CINQUIÈME CHAPITRE.

L'ANGE DE CAMBERWELL ORGANISE LE CIEL.

Mais voyons à quel point s'égare la folie
De l'Ange professeur du Duc de Normandie.

« Le jour était au sud et gagnait jusqu'au nord
« Quand, passant tout-à-coup, de tribord à babord
« La terre se remue, et dans sa fantaisie
« Déplace, en un instant, la lumière ébahie.
« Où la nuit existait, va paraître le jour.
« Le soleil plus piqué qu'étonné de ce tour,

« Saisissant par le corps l'inconstante donzelle
« Dans un cercle de feu la retient en tutelle.
« Et c'est depuis ce temps qu'elle a pirouetté
« De l'automne à l'hiver, du printemps à l'été.
« De ce grand changement dans la nature entière
« Remontons maintenant vers la source première :
« Jéhova doit poser un vaste fondement
« Et des astres divers former l'agencement. »

C'est alors que notre Ange a la rare fortune
De voir les perroquets voltiger dans la *lune ;*
La fille de l'amour, la pomme au teint vermeil
Apparaît, à ses yeux, au milieu du *soleil.*
Dans *Vénus* le melon s'étend en pleine couche
Et des anges friands va rafraîchir la bouche ;
Pour leur gros appétit *Mars* offre le mouton,
Mercure le poulet, *Jupiter* le dindon.
Ils peuvent demander des liqueurs à *Saturne :*
Ce globe s'est placé tout exprès sur son urne
Qui prodigue, à grands flots, d'enivrantes boissons
Et n'est pas mal fourni de savoureux poissons.

SIXIÈME CHAPITRE.

LES MALHEURS DE LA TERRE D'APRÈS L'ANGE
DE CAMBERWELL.

Lisathama disait à Jéhova lui-même,
Tout comme toi j'ai droit à porter diadème,
Aussitôt Jéhova se surprit en fureur
Et riposta soudain à l'interlocuteur :
Nous sommes donc égaux ! nous égaux, misérable !
Tiens, va-t'en tout là-bas retrouver ton semblable !
Et de son pied frappant l'imprudent fanfaron
Du ciel lui fait franchir, d'un seul coup, le péron.
Puis après, Jéhova d'un beau drap de lumière
S'enveloppa, marcha la tête haute et fière ;

Satan dégringola dans son gouvernement
Et crut tirer parti de cet événement,
Mais, voulant en bons tours, montrer son savoir-faire
Jéhova fit un corps dans le corps d'une mère.
Quel est ce corps ? c'est Nod, un ange conducteur
Dont Jéhova lui-même est la mère et l'auteur.
De Nod, fait à ravir, naquit une bergère.
Sa mère quelle est-elle ? ah ! c'est là le mystère
Nullement expliqué dans la relation.
Seulement il paraît qu'à la création
La bergère fort belle étant assez portée
De produire un enfant fut grandement tentée,
Car, si l'on croit l'écrit, la gaillarde accoucha
« D'un fils *Adam* sur terre, au ciel Athamana
« Là haut Athamana fit une lourde chûte
« Et roula jusqu'ici de culbute en culbute. »

A ce galimathias que reconnaissez-vous ?
Quelque pauvre échappé de l'hôpital des fous.
Loin de vous, loin de moi, cette douce pensée !
Non; ce n'est point un fou ! ma vue en est blessée,
Et sans ménagement, je vais droit au marot.

CHAPITRE VII ET DERNIER.

●

A L'ANGE DE CAMBERWELL. SON FAIT.

Qui donc es-tu ? réponds, tu n'es pas Huguenot,
Tu n'es ni Musulman, ni Juif, ni philosophe ;
Tu n'es pas Anglican, tu n'es pas Théosophe,
Tes récits sont toujours couverts d'obscurité
Et tu serais pour nous LA VOIX DE VÉRITÉ ?
Sycophante effronté, non, tu n'es point un Ange.
Excrément politique exhumé de la fange
Sur le fils du malheur tu souffles le poison
Destiné, par le crime, à troubler sa raison.
Jusqu'au fond de son cœur ta menteuse science
Goutte à goutte a versé sa fatale influence.

Par les nombreux forfaits de tes illusions
Tu pousses, contre lui, toutes les passions.
Pour le déshonorer du faux tu fais usage
En plaçant, sous son nom, ton pitoyable ouvrage.
Ainsi tu lui ravis, par tes inventions
Pitié, tendre intérêt, douces affections.
Tu feins de souhaiter qu'on assemble un concile
Qui consacre l'erreur de ton sot évangile?
Mais de tes devanciers les écrits sont peu lus;
La vertu n'en veut pas, le vice n'en veut plus.
Tu tentes vainement de les produire encore
En les livrant gratis (a) du couchant à l'aurore;
Ils tombent en poussière ainsi que les morceaux
D'un arbre vermoulu funéraires lambeaux.
En vain tu fais parler quelquefois la morale :
Ton livre est un larcin, ta vie est un scandale!

Je me fâche! et j'ai tort, je le dis humblement.

(a) Les exemplaires ont été distribués au nombre de trois mille
à ceux qui n'en voulaient pas comme à ceux que la curiosité pous-
sait à en demander.

Les fonds employés à cette œuvre impie eussent été un secours
pour les besoins pressants de la famille du prince; mais dut-elle
mourir de faim l'*Ange* a voulu qu'ils eussent l'impression des pré-
tendues révélations pour destination exclusive.

Chacun de tes versets amène un bâillement ;
Et, je prends une masse au lieu d'une férule,
La batte d'Arlequin serait moins ridicule
Que cette chambrière au long manche de bois
Que je lance pour mettre un jongleur aux abois.
Angelot, mon petit, je te fais révérence
Et dois couvrir ton dos du manteau d'innocence ;
En effet, d'aucun mal tu ne peux être auteur
Car, très probablement, je suis ton seul lecteur.

▷▷- IMPRIMERIE DE WORMS, -◁◁
Boulevart Pigale, 40, (extra-muros.)

www.ingramcontent.com/pod-product-compliance
Lightning Source LLC
Chambersburg PA
CBHW061418170626
46811CB00005B/2028